Frauen

Frauen

Joke Frerichs

FSC
www.fsc.org
MIX
Papier aus verantwortungsvollen Quellen
Paper from responsible sources
FSC® C105338

Bibliographische Informationen der Bibliothek:
Die Deutsche Bibliothek verzeichnet diese Publikation in der Deutschen Nationalbibliographie; detaillierte Informationen sind im Internet über http://dnb.ddb.de
abrufbar.

Verlag: BoD · Books on Demand GmbH,
Überseering 33, 22297 Hamburg, bod@bod.de
Druck: Libri Plureos GmbH,
Friedensallee 273, 22763 Hamburg
ISBN: 978-3-8192-9595-9

Frauen

Frauen sind ein Mysterium und Faszinosum zugleich. In ihnen schlummern viele Fähigkeiten und Charaktereigenschaften, die sich aufgrund gesellschaftlicher und familiärer Umstände oft nur bedingt entfalten können. Das galt insbesondere für frühere Frauengenerationen; also für unsere Mütter. Aber auch noch für Frauen unseres Alters, die mit uns aufgewachsen sind. Allmählich scheint sich einiges zu ändern, aber das dauert.

Ohne jetzt darüber zu philosophieren oder gar zu psychologisieren, welche Vorzüge Frauen gegenüber Männern haben, will ich ganz einfach von einigen Frauen erzählen, die mir irgendwann und manchmal zufällig begegnet sind und die mich auf die ein oder andere Weise beeindruckt haben.

I.

Barbara

B. war eine Kneipenbekanntschaft. Ich lernte sie im *Roten Oktober* kennen, einer seinerzeit stark frequentierten Szenenkneipe im Kölner Süden. Hier hielt B. Hof; so muss man ihr Auftreten wohl nennen, denn sie war stets umringt von einem Rudel Männern und begleitet von *Jungo,* einem kleinen nervigen Hund, einer Art Pudelmischling.
Es dauerte, bis sich die Gelegenheit ergab, mit ihr ins Gespräch zu kommen. Doch eines Tages war es so weit: B. saß mit einem Bekannten an einem abseits stehenden Tisch und spielte Schach mit ihm. Ich ging zu ihnen hinüber und fragte, ob ich zuschauen dürfe. Beide hatten nichts dagegen; sofort bemerkte ich die Besonderheit ihres Spiels: es war eine Art *Schnellschach.* B. zog ihre Figuren in einem Tempo, dass man dem kaum folgen konnte. Entsprechend schnell war die Partie zu Ende.

Danach unterhielten wir uns und verabredeten uns zu einem Schachspiel. Mir erging es nicht besser als meinem Vorgänger. Während ich immer viel Zeit brauche, um einen Zug zu machen, schien sie schon immer zu wissen, wie sie darauf reagieren würde. Diese Art zu spielen war neu für mich. Es gelang mir nicht,

mich darauf einzustellen. Und so verlor auch ich Partie um Partie.
B. schien ein mathematisches Genie zu sein; sie berechnete ihre Züge weit im voraus.

Wir trafen uns jetzt des Öfteren; meist zufällig. Immer noch stand sie inmitten eines Pulks, aber es kam vor, dass sie zu mir herüber kam, wenn ich allein an der Theke saß. Eines Tages schlug sie vor, die Kneipe zu wechseln. Ihre Bekannten ließ sie einfach stehen, und so zogen wir allein los. Als wir uns besser kannten, wurden daraus ausgedehnte Kneipentouren. Da einige Lokale erst spät öffneten, z.B. die sog. Theaterkneipe, konnte man bis in die Morgenstunden unter trinkfreudigen und interessanten Gästen sitzen.

B. war es, die stets den Ton angab. Sie sprach buchstäblich über alles. Oft erzählte sie von zu Hause. Sie stammte aus dem *Alemannischen*; die Mutter kam aus Ungarn, von ihr hatte sie einen gewissen südländischen Einschlag. Daheim muss es chaotisch zugegangen sein. Die allein lebende Mutter – der Vater hatte sich aus dem Staube gemacht – führte ein offenes Haus, in dem Partys und Besuche an der Tagesordnung waren. Ohne Zweifel hat dieses Zuhause B. geprägt, denn es gelang ihr nie, ein sog. geordnetes Leben zu führen.

Dass sie aus dem Alemannischen kam, merkte man daran, dass sie hin und wieder Ausdrücke einstreute, die ich nicht verstand; z.B. *ä bitzle* oder *ä Glump*. Sie amüsierte sich köstlich, wenn sie mein ratloses Gesicht sah. Überhaupt lachte sie gern; meist laut, sogar zuweilen derb und ohne Rücksicht auf die Umgebung. Sie nahm überhaupt auf niemanden Rücksicht; lebte ihr Leben, wie es ihr gefiel. Sie ging keiner *geregelten Arbeit* nach, schlug sich mit Gelegenheitsjobs durch, half einem Bekannten, der eine Reparaturwerkstatt betrieb, bei der Buchführung, und wenn es sein musste, packte sie auch selbst mit an. Sie konnte Autos reparieren, obwohl sie selbst nie ein Auto besaß.

Nach dem Umzug in einen anderen Stadtteil sahen wir uns nur noch selten. Ich erfuhr, dass sie geheiratet hatte und einen Sohn bekam. Ihr Mann arbeitete als Informatiker für eine Firma, die die Logistik weltweit agierender Hotelketten digitalisierte; zu einem Zeitpunkt, als noch kaum jemand von Digitalisierung sprach. B. änderte auch nach ihrer Heirat ihren Lebensstil kaum. Immer noch zog sie durch die Kneipen oder saß stundenlang in einem Café, und immer war auch der leicht gestörte Pudel an ihrer Seite.

Irgendwann muss sie den Entschluss gefasst haben, sich weiter zu bilden. Sie besuchte ein Abendgymnasium und absolvierte das Abitur ohne Probleme; wohl auch wegen ihrer mathematischen Begabung. Sie beschloss, *Wasserwirtschaft* zu studieren, gab das Studium aber nach einigen Semestern auf. Als ich sie wiedertraf, meinte sie: *Ich habe mir bewiesen, dass ich es kann.*

Das reichte ihr, und sie kehrte in ihren alten Lebensrhythmus zurück.

Von ihrem Mann lebte sie getrennt; beide blieben aber befreundet. In der Folgezeit schien es ihr nicht gut zu gehen. Sie bat uns einige Male um Hilfe. Sie arbeitete gelegentlich als Haushaltskraft für ältere Menschen; besorgte Einkäufe und kümmerte sich um alles Notwendige. Eine zeitlang spielte sie mit dem Gedanken, sich in diesem Sektor selbständig zu machen. Aber daraus wurde nichts. Die Gründe weiß ich nicht.

Da sie ausgezeichnet kochte, lud sie des Öfteren Leute zum Essen ein. Sie verstand es, phantasievolle Menüs zu kreieren, die sie sich bezahlen ließ. Neudeutsch würde man sagen: es war eine *Win Win* Situation. Man genoss das gute Essen, und sie profitierte ebenfalls davon. Auch ich war einige Male ihr Gast.

Später trafen wir sie nur noch bei besonderen Anlässen, z.B. einer DGB-Mai-Kundgebung. Sie arbeitete jetzt als Organisations-Sekretärin für die *Linke*, war dort wohl eine Art *Mädchen für alles.* In dieser Funktion lud sie uns einige Male zu politischen Veranstaltungen ein.

Etwa zehn Jahre lang hörten wir nichts mehr von ihr. Dann lud sie uns völlig überraschend zu ihrem 49. *Geburtstag* ein. Die Feier fand in einer Kneipe statt. Die Gäste: fast ausschließlich Männer. Sie schien die

Situation zu genießen, hatte sich prächtig in Schale geworfen, und der kurze, graue Haarputz stand ihr ausgezeichnet.
Aber dann geschah etwas, womit wohl keiner gerechnet hatte: B. führte eine *Show im Stile Liza Minnellis* auf. Sie sang deren Originaltexte, tanzte und gestikulierte dazu und wirkte in allem derart professionell, als habe sie nie etwas anderes gemacht. Es verschlug einem schier die Sprache. Von diesen Talenten wußten wohl die Wenigsten; ich jedenfalls nicht. Sie hätte sicher das Zeug zu einer Profikarriere gehabt, aber daran dachte wohl sie am allerwenigsten.

Wie mag es ihr heute gehen? Wir haben sie seit jenem Abend nur noch einmal bei einer Veranstaltung gesehen. Sie schien gealtert und wirkte beschämt. Wohl deshalb haben wir sie auch nicht angesprochen. Später erfuhren wir, dass sie mit einem Musiker zusammen lebt. Möge es so sein!

Gertrud

G. lernte ich als Studentin kennen. Sie nahm an einer meiner Tutorenveranstaltungen teil. Auf fiel sie mir durch ihren *Pagenkopf* und ihren *fränkischen Dialekt.* Nach der Veranstaltung ging es meist noch in eine Kneipe. Dort trafen wir auf andere Studenten. Ich erinnere mich an eine Gruppe von Theaterstudierenden, die besonders lebhaft und trinkfest war. Mit ihnen saßen wir meistens gemeinsam an einem langen Tisch; vorne an der Frontseite der Professor, zu der Zeit Intendant am Theater in *Darmstadt.* Ihm machte es sichtlich Vergnügen, mit uns jungen Leuten zu diskutieren.

Bei einer Gelegenheit sprachen wir über *Brecht.* Wir zitierten Textstellen aus dem *Baal* und anderen *Brecht-Stücken.* Zum Beispiel die originelle Schlusszeile aus dem *Dickicht der Städte: ‚Das Chaos ist aufgebraucht; es war die beste Zeit'.*
Es ging hoch her in diesen Runden, und zum Schluss musste der Professor von einem Assistenten zum Zug begleitet werden. Dem Schaffner wurde aufgetragen, ihn in Darmstadt zu wecken, falls er einschlafen sollte.

G. stammte aus der Nähe von *Würzburg.* Ihren Dialekt mit dem harten *R* konnte sie kaum verbergen, vielleicht hemmte er sie am Reden, denn sie sprach wenig, und wenn, dann nur in kleiner Runde. Sie blieb meist bis zuletzt, auch wohl deshalb, weil ihre ärmliche Studentenbude im Hinterhaus einer Pizzeria eher einer Sperrmüllhalde glich. Sie besaß im Winter keine Heizung, während es im Sommer unerträglich heiß in ihrer Bude war, wie sie erzählte. Gleichwohl ließ sie sich kaum anmerken, dass sie in erbärmlichen Verhältnissen hauste, man sah es ihr aber an; sie wurde zunehmend blasser und magerte ab.

Eines Tages lud ich sie ein, ihr das nahegelegene *Marburg* zu zeigen, wo ich eine zeitlang zum *Zweitstudium* eingeschrieben war, um *Wolfgang Abendroth* und *H.H. Holz* zu hören. Abendroth hielt vor ca. zweitausend Studierenden im Audimax seine Abschluss-Vorlesung über *Marxismus.* Holz referierte über *Hegels Rechtsphilosophie.* Zwei- bis dreimal in der Woche fuhr ich mit einem Studienkollegen nach Marburg, und wir nutzten die Gelegenheit, um uns die Altstadt anzusehen und in den Antiquariaten zu stöbern.

Ich zeigte G. die Sehenswürdigkeiten des Ortes. Um ehrlich zu sein; es wurde eher ein Kneipenbummel als ein Rundgang durch die Altstadt. Wir zogen durch einige Studentenkneipen; alle proppevoll und laut, so dass man kaum reden konnte und froh war, wieder an der frischen Luft zu sein.

Ich hatte Mühe, meinen alten R 4 wiederzufinden, den ich irgendwo abgestellt hatte. Es war nach Mitternacht und dunkel in den kleinen Gassen, und vor Müdigkeit konnte ich mich kaum noch auf den Beinen halten. Aber wir mussten ja zurück nach Gießen. Als wir den Wagen schließlich gefunden hatten, überlegte ich mir die Rücktour. Ich fuhr über eine Nebenstrecke Richtung *Salzböden.* Die Strecke kannte ich, weil wir dort einige Bekannte hatten; u.a. den Dramaturgen *Lukas Popovic* und den Moritaten- und Kinderlied-Sänger *Fritz Vahle.*

G. bemerkte meine Müdigkeit. Um mich aufzumuntern, erzählte sie mir das Märchen von einem Prinzen, der vergeblich um eine Prinzessin geworben hatte und darüber in Verzweiflung geriet, bis ihm eine List einfiel: Er kostümierte sich als Troubadour, nahm seine Laute und brachte der Liebsten ein Ständchen dar, das sie schier verzückte. So kam die Geschichte zu einem guten Ende.
Was mich wach hielt, war weniger die rührende Geschichte des Prinzen, als vielmehr ihr Dialekt, mit dem sie die Geschichte würzte, und wie sie ihren Vortrag gestisch untermalte. Es war herrlich ihr zuzuhören; sie brachte mich zum Lachen, so blieb ich wach, und wir kamen glücklich in den frühen Morgenstunden wieder in Gießen an.

Einige Male luden wir G. zu uns nach Hause ein. Dann kam sie mit ihrem *roten Fahrrad* angefahren, das sie bei einem Trödler erworben hatte. Da sie sich überwiegend von Konserven ernährte, genoss sie das gute Essen, das wir ihr bereiteten. Sie taute regelrecht auf und erzählte von zu Hause; von der Arbeit in den Weinbergen und vom guten fränkischen Wein.

Vor allem aufgrund einiger Ortswechsel verloren wir uns aus den Augen. Sie schrieb noch einige Male, dass es ihr schlecht gehe, wollte uns noch einmal in Bremen besuchen, aber dazu kam es nicht. Später hörte ich, dass sie mit einem Freund nach *Sardinien* ausgewandert sei. Ob es so gewesen ist und wie es ihr danach ging, weiß ich nicht. Aber immer, wenn ich ein rotes Fahrrad sehe, denke ich an sie: an den Pagenkopf mit dem fränkischen Dialekt.

Felizitas

Wie genau wir uns kennen lernten, weiß ich nicht mehr. Wir liefen uns gelegentlich an der Uni oder in der Kneipe über den Weg. Und sie besuchte eine der Lehrveranstaltungen, die ich mit *Gerhard Kraiker* durchführte. Dort fiel sie mir durch ihre emotionalen Wortbeiträge auf. Sie studierte Germanistik und Politik auf Lehramt. Als alleinerziehende Mutter lebte sie mit ihrem Sohn in einer kleinen Wohnung in der Nähe der Universitätsbibliothek.

Fe, wie sie genannt wurde, war eine imponierende Erscheinung: groß, langes blondes Haar, ein vom Temperament stets leicht gerötetes Gesicht, strahlende Augen. Ihr Sprechen untermalte sie gestenreich, fast ein wenig theatralisch. Auf jeden Fall war sie unübersehbar, sobald sie in der Nähe war.

Wir hatten es uns zur Gewohnheit gemacht, interessante Leute zu Diskussionen zu uns nach Hause einzuladen. Dann war auch sie einige Male dabei. Sie kannte die meisten unserer Gäste und mischte munter mit. Meist wurde kontrovers und engagiert diskutiert, meist bis in die frühen Morgenstunden.

Unter unseren Gästen war auch *Heinz Langerhans*, den Fe vom Studium her kannte. Da Heinz zu unseren engeren Freunden zählte, kam es zu gegenseitigen Besuchen. Ich erinnere mich an einen Besuch in Frankfurt, an dem auch Fe teilnahm und wo es zu einem Streitgespräch über den *Formalismus* bei *Brecht* kam, das mit einem lautstarken Streit und dem Rauswurf aus einem Lokal endete.

Fe war durchaus interessenbewusst; unter diesem Aspekt schien sie auch ihre wechselnden Partner auszuwählen. Nach dem Studium unterrichtete sie einige Jahre an einem Gymnasium, bevor sie anfing, Kinderbücher zu schreiben. Sie hielt Lesungen und inszenierte wohl auch kleinere Theater-Aufführungen. Davon erfuhren wir erst sehr viel später. Wir hatten uns etwa zehn Jahre lang aus den Augen verloren, bevor wir uns in Gießen wieder trafen. Bei dieser Gelegenheit erzählte sie von ihren zahlreichen Aktivitäten.

Unvergessen ist uns ihr Besuch in *Bielefeld*, wo ich in einem Forschungsprojekt an der Uni arbeitete. Wir saßen gemeinsam am Frühstückstisch und kamen ins Diskutieren. Vom Kaffee wechselten wir zu Wein und Sekt, und so saßen wir stundenlang zusammen, teilweise noch im Bademantel. Ich erinnere mich so genau an diese Begebenheit, weil ich zum ersten Mal eines meiner Gedichte vorlas. Es war ein Gedicht über den *Traum von einem Haus in Irland*. Fe war überrascht und angetan, und möglicherweise war dies der Anstoß für sie, selbst mit dem Schreiben zu beginnen.

Wir haben uns im Laufe der Jahre nur selten gesehen, aber wenn, waren es Besuche von großer Intensität. Fe war überaus großzügig und gastfreundlich; so konnte

Petra während ihrer Promotionszeit mehrere Male bei ihr übernachten.

Leider haben wir uns nur bedingt revanchieren können, und zwar deshalb: wir hatten erst wenige Tage unsere Wohnung in *Köln* bezogen, als Fe sich mit ihrem Sohn zu einem Besuch anmeldete. Sie befanden sich auf einer Radtour am Rhein und wollten eine Woche Station bei uns machen. Da wir noch kaum eingerichtet waren, wurde das Ganze zu einer nervenaufreibenden Angelegenheit. Fe und ihr Sohn belagerten unsere Maisonette, und wir saßen in den unteren Räumen der Wohnung buchstäblich auf unseren Bücherkartons, weil der für die Bücher vorgesehene Raum von ihnen belegt war. Der Besuch verlief zäh, und danach riss der Kontakt zwischen uns ab.

Vor kurzem las ich, dass Fe in Gießen eine kleine *Theaterbühne* eröffnet hat und dort Stücke inszeniert. Und sie soll einen zweiten Wohnsitz in Oberitalien haben. Es würde mich freuen, wenn sie sich auf diese Weise ihre Lebensträume erfüllt hätte.

Annette

Ich lernte sie kennen, gleich nachdem wir nach *Köln* umgezogen waren. Ich hatte die Geschäftsführung eines Forschungsinstituts übernommen und A., die in der Erwachsenenbildung tätig war, liebäugelte mit einem Stellenwechsel. Da ich sehr eingespannt war, trafen wir uns an einem Samstagnachmittag in einem griechischen Lokal in der Nähe des Instituts.

Sie erzählte mir ihr Anliegen, und wir berieten über die Möglichkeit einer Beschäftigung im Institut. Mir war nicht so recht klar, wie ernst es ihr war, ihre sichere Stelle zu verlassen. Vielleicht wollte sie einfach nur einmal ihre Chancen auf dem Arbeitsmarkt testen. Sei's drum. Schon nach kurzer Zeit sprachen wir kaum noch über die Angelegenheit. Stattdessen erzählte sie höchst anschaulich von ihrer Zeit in *Paris,* wo sie einen mehrmonatigen Aufenthalt als *Au-Pair-Mädchen* verbracht hatte und von ihrem Studium in Frankfurt, wo sie zeitweilig dem *Weiberrat* der Uni angehört hatte.

Ich fragte nach ihren Interessen, und sehr schnell war klar, dass sie sich auf vielen Gebieten bestens auskannte. U.a. war sie eine kenntnisreiche Cineastin mit einem etwas exotischen Geschmack. Während ich märchenhafte oder besser romantische Filmgeschichten liebe, die mich in eine andere Welt führen, liebt sie eher bizarre Filmstorys nach Art der Filme von *Quentin Tarantino.* Mir fiel auf, wie präzise sie die Filme rekonstruierte, so dass ich, der ich die meisten Filme nicht gesehen hatte, nachvollziehen konnte, was sie an ihnen schätzte. Es machte Spaß, ihrem engagierten Vortrag zuzuhören.

Ähnlich war es mit literarischen Stoffen. Sie hatte soeben den Roman *Jakob der Lügner* von *Jurek Becker* gelesen und erzählte mir so detailliert davon, dass ich den Roman gar nicht mehr selbst lesen musste; ich las ihn erst Jahre später.

So ging es immer weiter. Wir bestellten uns griechische Vorspeisen, tranken abwechselnd *Retsina* und *griechischen Mokka* und vergaßen völlig den Anlass unseres Treffens. Über sieben Stunden zog sich das Ganze hin. Ich lernte viel über das kölsche Alltagsleben und die Attraktionen des städtischen Kulturbetriebs. Nachdem wir beide erschöpft waren, verabredeten wir uns zu einem weiteren Treffen in einem Weinlokal, das ähnlich intensiv war. So war es fast immer, wenn man mit A. zusammen traf: sie war an allem interessiert, stets bestens informiert, engagiert und mitunter durchaus resolut, um ihre Auffassung zu vertreten. Z.B. war sie eine der Frauen, mit denen man über Politik heftig streiten konnte. Nicht nur über aktuelle Themen, sondern vor allem über Hintergründe und Zusammenhänge. Sie engagierte sich politisch; nahm an Veranstaltungen und Demonstrationen teil, und bei solchen Gelegenheiten traf man sich hin und wieder.

Eine Besonderheit dieser Bekanntschaft war, dass wir uns einige Male jahrelang aus den Augen verloren; manchmal zehn und mehr Jahre. Sie hatte zwischenzeitlich geheiratet und bekam einen Sohn. Als ich mein erstes Buch geschrieben hatte, schickte ich es ihr zu. Es dauerte etwa zwei Jahre, bis sie sich daraufhin meldete. Wir verabredeten uns, und sofort war man wieder in einem intensiven Dialog. Dann trat wieder eine längere Pause ein. A. stieg beruflich auf und hatte nun – ihr Mann zwar inzwischen verstorben – kaum noch Zeit für private Angelegenheiten.

Überraschend lud sie uns zu einem ihrer runden Geburtstage ein. Sie organisierte ein großes Fest, zu dem sie alte Freunde und Freundinnen, Bekannte und Vertraute einlud. Das Fest fand in ihrem Elternhaus an einem See statt. Es war uns schier unbegreiflich, wie diese so vielseitig beschäftigte Frau es schaffte, ein Fest für ca. 20 bis 30 Personen auf die Beine zu stellen. Sie hatte die ganze Logistik allein organisiert und selbst einige Speisen zubereitet. Hinzu kamen noch Führungen, z.B. zum *Buddenbrookhaus* in *Lübeck* und anderen Sehenswürdigkeiten der Gegend.

Es war ein einmaliges Fest, das sich über mehrere Tage hinzog. Immer wieder kamen neue Gäste hinzu; es wurde bis in die Nacht diskutiert, gegessen und getrunken. Man konnte im See baden oder mit dem Paddelboot eine kleine Tour um den See machen. Es wurde ein Erlebnis der besonderen Art, genauso wie A. es sich vorgenommen und gewünscht hatte. Und es war ein Beispiel für ihre Umsicht, Tatkraft und persönliche Ausstrahlung, die dem Ganzen das Gepräge gab.

In größeren Abständen trafen wir uns immer einmal wieder, verloren uns aber auch immer wieder aus den Augen. Mittlerweile pensioniert, hatte sie sich ein großes *Schreibprojekt* vorgenommen. Sie interessierte sich immer schon für *Exilliteratur* und war auf diesem Gebiet eine absolute Expertin. Sie schrieb an einem Buch über *Nelly Mann*, der Frau von *Heinrich Mann.* Zu diesem Zweck recherchierte sie monatelang an Originalschauplätzen, z.B. in *Kalifornien* und *Südfrankreich.* Aufgrund der aufgespürten Dokumente und anhand von Aussagen Beteiligter gelang es A., das negative Bild der Nelly, das wesentlich von der *Familie Thomas Manns* geprägt war, entscheidend zu korrigieren. Während diese sie als Alkoholikerin, ja sogar als *Hure (Katja Mann)* bezeichneten, schilderte A. sie in ihrer Rolle als Lebenskameradin und Gefährtin von Heinrich, die gemeinsam schwierige Zeiten durchleben mussten.

Wir bewunderten das Engagement, mit dem A. ihr Anliegen betrieb. Sie schrieb Aufsätze für Fachzeitschriften und hielt Lesungen aus ihrem Buch. Als wir es selbst lasen, staunten wir über den Faktenreichtum und die facettenreiche Darstellung der Persönlichkeit der Nelly. Ein sehr beachtliches Dokument über ein Leben, das ansonsten der Vergessenheit anheim gefallen wäre.

Und noch ein Großprojekt realisierte sie: sie ließ ihr Elternhaus zu einer Pension umbauen. Wiederum engagierte sie sich bis zur Erschöpfung für ihr Anliegen; wohl auch ein langgehegter Traum, den sie sich damit erfüllte.

Zum bisher letzten Mal traf ich mich mit ihr – wiederum nach einer Pause von mehreren Jahren – in einem Weinlokal. Sie erzählte von einem neuen Buchprojekt, wach und interessiert wie immer. Es schien ihr gut zu gehen, obwohl sie zwischenzeitlich schwer erkrankt war. Ich war erleichtert, sie auf diese Weise wieder zu erleben: engagiert und neugierig wie immer.

May

May war ein Kumpeltyp. Ich lernte sie kennen, als ich mich an der Heimvolkshochschule Springe am Deister in einem sechsmonatigen Aufbaukurs auf die Aufnahmeprüfung an einem Kolleg vorbereitete, an dem ich das Abitur nachholen wollte. May ihrerseits wollte Pädagogik studieren und Lehrerin werden. Wir unterstützten uns so gut wir konnten, lernten gemeinsam und unternahmen einiges an Freizeitaktivitäten in der reizvollen Umgebung der Schule.

May war drei oder vier Jahre älter als ich, stammte aus einer Rechtsanwaltfamilie aus Hannover und hatte mir vieles voraus. Ich war zum ersten Mal für längere Zeit von zu Hause weg, und sie half mir, die für mich schwierige Zeit zu bewältigen. Man könnte auch sagen: sie kümmerte sich um mich.

An der Schule nahmen wir beide an einer Literatur-AG teil, die der damalige Deutschlehrer, der ein wahrer Literaturenthusiast war, in seiner Freizeit anbot. May war selbst sehr belesen und reichte viele ihrer Bücher an mich weiter. Zusätzlich nutzte ich die reichhaltige Bibliothek der Schule, in der ich vor allem die Wochenenden verbrachte, wenn die meisten Schüler, die überwiegend aus der Umgebung kamen, nach Hause fuhren.

Am Abend vor meiner Aufnahmeprüfung am *Hessen-Kolleg* in *Wetzlar* schenkte sie mir als Reiselektüre *Die*

Farm der Tiere von *George Orwell* mit einer Widmung des *Brecht-Gedichts ‚Lob des Lernens'*, das mit der Zeile beginnt: *Lerne das Einfachste! Für die deren Zeit gekommen ist!*

Nachdem ich die Aufnahmeprüfung am Kolleg bestanden hatte und nach Wetzlar zog, verloren wir uns aus den Augen. May studierte Pädagogik in Bremen. Eines Tages schrieb sie mir einen verzweifelten Brief, in dem sie mir ihre desolate Lebenslage schilderte. Auf der Fahrt in die Weihnachtsferien unterbrach ich meine Zugfahrt in Bremen, und sie berichtete mir von ihrer Situation. Sie fühlte sich isoliert und allein gelassen. Als ich sie nach einigen Stunden verließ, war sie enttäuscht. Auch ich fühlte mich unwohl, so, als hätte ich Verrat an ihr begangen. Aber wie sollte ich ihr helfen? Wir befanden uns auf unterschiedlichen Lebenspfaden, und auch die Entfernung zwischen unseren Wohnorten ließ sich nicht so ohne weiteres überbrücken.
Wir schrieben uns noch eine zeitlang, und dann erfuhr ich, dass sie geheiratet hatte, eine Tochter bekam und in Bremen als Lehrerin tätig war. Danach hörte ich vierzig Jahre lang nichts mehr von ihr.

Über die damalige Zeit habe ich in meinem Buch *Zugänge* berichtet, was mich auf die Idee brachte, ihr das Buch zu schicken. Sie reagierte sofort und schlug vor, sich in Bremen zu treffen. Wir verabredeten uns am Hauptbahnhof, und sie lud mich in die *Ständige Vertretung* ein, wo sie mir von ihrem Leben erzählte.

Sie hatte nach ihrer Heirat und der Geburt ihrer Tochter noch zwei Fehlgeburten. Sie lebte mittlerweile getrennt von ihrem Mann und zog ihre Tochter, mit der sie sich sehr gut verstand, allein groß; sie sei ihre beste Freundin bis heute. Nach dem Ende ihrer Berufstätigkeit kaufte sie sich ein kleines Haus in *Riparbella,* einem Ort im *Piemont,* etwa 35 km westlich von *Volterra* gelegen. Dort verbringt sie die meiste Zeit des Jahres. Es ist die Gegend, in der wir einige Male Urlaub gemacht haben. Als ich ihr davon erzählte, lud sie uns natürlich ein, sie dort einmal zu besuchen. Dazu gekommen ist es leider nie.

Ich sah May an, und sie sagte es auch ganz offen, dass sie ein unglückliches Leben hatte. Was ich nicht wusste: wir hatten zwei Jahre lang in Bremen nur einige Straßen entfernt voneinander gewohnt, sind uns aber nie begegnet.

Jetzt, nach über 40 Jahren, saß mir eine Frau gegenüber, die schwer vom Leben gezeichnet war; sie hatte eine Krebskrankheit überstanden, und ich habe sie kaum wiedererkannt, als sie mich im Hauptbahnhof an der vereinbarten Stelle erwartete. Gleichwohl hatte es etwas Tröstliches, dass wir uns noch einmal begegnet sind.

Inge

I. lernte ich nach einem Fußballspiel kennen. Ich spielte mit zwei Brüdern von ihr in einer unterklassigen Mannschaft in einem Vorort von *Wetzlar*, wo ich am Hessen-Kolleg das Abitur nachholte. Der Fußball war für mich eine Möglichkeit, den Stress der schulischen Anforderungen zu kompensieren. Nach dem Spiel saßen wir oft noch in der Vereinskneipe zusammen, und bei einer derartigen Gelegenheit befand auch I. sich in der Runde. Das brachte sie wohl auf die Idee, mich zu einer Party ihrer Schulklasse einzuladen. Sie war damals 16 Jahre alt und besuchte das Mädchen-Gymnasium. Ganz förmlich hatte sie mich eingeladen; per Postkarte und mit der Anrede *Sehr geehrter Herr...* Ich machte mir nichts aus Partys; schon gar nicht, in diesem Kontext; aber ich sagte zu, wohl auch, um sie nicht zu verletzen, und weil ich gerade nichts Besseres vorhatte.

Wir trafen uns danach noch einige Male, gingen ins Kino oder ins Vereinslokal, wo am Samstagabend eine Combo zum Tanz aufspielte. Mich ödete das Ganze an, zumal ich ungern tanzte und die Musik grottenschlecht war.

Mich interessierten zu der Zeit - Mitte der sechziger Jahre - ganz andere Dinge. Ich las *Camus*, begann mich mit philosophischen Themen zu beschäftigen und musste zusehen, dass ich den Unterrichtsstoff für das Kolleg bewältigte, wo vieles für mich Neuland war.

Mit I. konnte ich über all diese Dinge kaum reden. So war es nur folgerichtig, dass ich nach einigen Wochen die Beziehung beendete.

Ich traf sie dann einige Jahre später zufällig in *Gießen* wieder, wo sie mittlerweile Psychologie studierte. Wir verabredeten uns zum Besuch eines Fußballspiels meiner alten Mannschaft. Das wiederholten wir einige Male, und dann verloren wir uns aus den Augen, weil wir mittlerweile von Gießen nach Bremen umgezogen waren.

Etwa dreißig Jahre lang hörte ich nichts von ihr, bis ich auf die Idee kam, auch ihr mein erstes Buch *Zugänge* zu schicken. Daraufhin schrieb sie mir, und wir verabredeten uns in Wetzlar.

I. hatte inzwischen ihre eigene Praxis, war mit einem Psychologen verheiratet, hatte zwei Kinder und schien zufrieden mit ihrem Leben zu sein. Da wir beide uns erstaunlich gut verstanden, obwohl wir früher nie intensiv miteinander geredet hatten, beschlossen wir, uns weiterhin zu treffen. Nach und nach erfuhr ich einiges über das Leben, das sie führte: Ihre Ehe nannte sie ein *Arrangement*, vor allem, um die Kinder gemeinsam groß zu ziehen. Der Zusammenhalt ihrer Familie schien ihr wichtig zu sein; ebenso ihr Beruf. Gleichwohl sprach sie offen über ihre persönlichen Probleme und vertraute mir vieles an.

Wir trafen uns in der Folgezeit in unregelmäßigen Abständen; vor allem aber tauschten wir Mails miteinander aus, die eine gewisse Eigendynamik entwickelten; d.h.: sie wurden immer emotionaler. Auf diese Weise entstand eine Art *phantastischer Realität,* die sich allmählich verselbständigte.

Für mich hatte das Ganze einen besonderen Reiz: Ich begann, mich mit einem Literaturprojekt zum Thema ‚*Liebe im Alter*' zu beschäftigen und las Bücher zum Thema: z.B. *Eva Illouz: Der Konsum der Romantik. Liebe und die kulturellen Widersprüche des Kapitalismus.* Darin schildert sie, wie Liebesverhältnisse oft als *Besitzverhältnisse* verstanden werden, was sich beispielsweise schon in der Alltagssprache niederschlägt, etwa in der Formulierung: *Du gehörst mir!*

Und ich las den *Verstörten Eros* von *Dieter Wellershoff;* eine brillante Darstellung der *Literatur des Begehrens,* wie es im Untertitel heißt. Hinzu kamen die Romane von *Henry Miller,* die mich nicht wegen der teilweise drastischen sexuellen Schilderungen interessierten, sondern wegen ihrer Intention, reale Begebenheiten zu beschreiben. Miller war der Auffassung, man müsse alles, worüber man schreibt, auch selbst erlebt haben. Das fand ich interessant, und in meinen Mails mit I. sah ich in gewisser Weise eine Möglichkeit, virtuell mit emotionalen Gefühlen zu experimentieren.

Wie dem auch sei: es blieb nicht aus, dass unser Umfeld zunehmend irritiert war, über das, was sich da zwischen uns entwickelte. Es kam zu teilweise heftigen Konflikten, die auf Dauer destruktiv wirkten. Nach vergeblichen Versuchen der Verständigung beendeten wir unsere Beziehung und haben seither nie wieder voneinander gehört. Das alles ist jetzt auch schon wieder fast zwanzig Jahre her.

Lieselotte

L. lernte ich kennen, als ich eine zweijährige Projektstelle an der Universität Bielefeld antrat. Sie war Philosophin und mit einem Sozialwissenschaftler verheiratet. Auf Vermittlung unserer Bekannten Fe konnte ich in den ersten Wochen, als ich noch auf Wohnungssuche war, bei dem kinderlosen Ehepaar unterkommnen.

L hatte einen Lehrauftrag an der Uni und über die *Wissenschaftstheorie von Walter Benjamin* promoviert. Ihr eigentliches Interesse galt jedoch dem Theater und der Kunst. Das Ehepaar führte ein offenes Haus, in dem *Schauspieler, Künstler* und *Wissenschaftler* ein- und ausgingen. Ich hörte ihren oft leidenschaftlichen Diskussionen oder besser: Disputen interessiert zu und habe einiges dabei gelernt. So erfuhr ich beispielsweise etwas über Benjamins Begriff der *Aura* und was eine Kunst ohne Aura bedeuten würde. Einige der Gäste, die von auswärts kamen, blieben oft mehrere Tage.

L. genoss diese Gelegenheiten sichtlich. Sie trug stets ein langes Kleid, und wenn sie in ihrem für sie etwas zu großen Ledersessel saß, hatte es den Anschein, als hielte sie Hof. Obwohl von Statur klein, diskutierte sie energisch, ihre Argumente durch ausladende Gesten unterstreichend. Es war aufregend, dem zuzusehen; ich genoss es.

Wenn einmal nichts los war im Haus, d.h.: keine auswärtigen Gäste anwesend waren, diskutierten wir miteinander oder hörten gemeinsam Musik; nicht nur klassische, sondern u.a. auch *Jimmi Hendrix.* Ich erinnere mich an seinen Song *Hey Joe*; ich habe ihn damals zum ersten Mal gehört.

Ihr Mann nahm nur selten an den Diskussionen teil; er überließ L. das Feld, sobald Besuch im Haus war. Er zog sich dann in sein Arbeitszimmer zurück und arbeitete meistens bis spät in die Nacht. Ich erfuhr, dass er an einer bedeutenden Veröffentlichung arbeitete, die später für Furore sorgte und ins Englische übersetzt wurde. Wenn ich mich recht entsinne, hieß der Titel: *Two Logics of Collective Action.*

Er wurde später *Soziologie-Professor* an der *Humboldt-Universität Berlin.* Als ich ihn damals kennenlernte, war er neben seiner wissenschaftlichen Tätigkeit auch noch *Geschäftsführer eines Kleinbetriebes* in *Castrop-Rauxel,* den er geerbt hatte und später verkaufte.

Ich verbrachte nur einige Wochen im Haus der Beiden, aber sie sind mir wegen ihrer Intensität in Erinnerung geblieben. Später, als wir in Bielefeld wohnten, gab es noch ein paar gegenseitige Besuche; aber schließlich schlief der Kontakt ein, da wir zu sehr mit den eigenen Anliegen beschäftigt waren.

II.

Die Frauen, von denen ich bisher erzählt habe, entstammen allesamt dem Milieu, in dem wir uns damals bewegten. Aber natürlich gab es noch eine ganze Reihe anderer Frauen, die mich wegen ihrer Fähigkeiten und Charaktere beeindruckt haben.

An erster Stelle meine *Mutter*. Über sie müsste man ein ganzes Buch schreiben. Sie war das neunte Kind einer Kriegerwitwe, die im Ersten Weltkrieg ihren Mann verloren hatte. Am Tag ihrer Konfirmation erfuhr sie, dass sie ein uneheliches Kind war. Der Pastor verkündete es von der Kanzel herab; ihre so überaus fromme Familie hatte ihr nichts davon gesagt. Das war für sie ein Schock, der sie ein Leben lang begleitete.

Als Zwanzigjährige ging sie nach Berlin, wohl auch aus Protest gegen die häusliche Doppelmoral. Sie arbeitete als Haushaltshilfe. Hier lernte sie nicht nur *gut bürgerlich* zu kochen, sondern auch das *Telefonieren*. Auch nach Jahrzehnten lachte sie Tränen, wenn sie von ihrem ersten Telefonat erzählte. Sie war allein im Hause, und das Telefon läutete. Sie verstand den Namen der Anruferin nicht, und als diese ihren Namen buchstabierte – *Nordpol, Emil, Friedrich, Alpha...* – habe sie gedacht, es handele sich um eine Irre, die sich verwählt hat und legte auf. Man nahm es ihr wohl nicht übel: das Telefonieren war noch eine Seltenheit.

Zwischen 1939 und 1945 brachte sie vier Kinder zur Welt, die sie allein durch die Kriegszeit brachte, während ihr Mann an der Front war. 1953 bekam sie ein weiteres Kind. Mit den *Kriegskindern* lebte sie ab 1942 in Sachsen, wohin sie wegen der zunehmenden Bombenangriffe auf *Emden* evakuiert worden war. 1947 kehrte sie nach Emden zurück.

Immer wieder erzählte sie, wie sie zweimal illegal die Zonengrenze überschritten hat, jeweils mit zwei Kindern. Dabei brach einmal die Achse des Bollerwagens, auf dem sie die Kinder und ihre wenigen Habseligkeiten transportierte. Ein hilfsbereiter Mann, der ebenfalls auf der Flucht war, half. So etwas gab es auch, trotz aller Not und Angst.

Was die Frauen dieser Generation geleistet haben, während die Männer im Krieg waren, kann man kaum ermessen. Sie zogen nicht nur die Kinder in beengten Verhältnissen groß; sie waren es auch, die später die Familie zusammenhielten. Diese Frauen hatten gelernt, allein klar zu kommen und ließen sich nicht gerne reinreden; für die Männer ein schmerzlicher, oft konfliktreicher Lernprozess.

Sie sorgte auch dafür, dass sich zu Hause die Dinge änderten. Wir bekamen Ende der 50er Jahre ein Badezimmer. Und während der WM 1958 einen Fernseher, damit wir nicht länger zu den Nachbarn rüber mussten, um ein Spiel zu sehen. Dann kamen ein

Kühlschrank und eine Waschmaschine hinzu. Bis dahin hatte sie die Wäsche mit der Hand gewaschen, auch die Arbeitsanzüge der Männer, die auf der Werft arbeiteten.

Für mich war sie eine Art *moralischer Instanz;* und ich besitze wohl auch einige ihrer Charaktereigenschaften; nicht nur positive. Ich bewunderte an meiner Mutter ihre Durchsetzungsfähigkeit und ihren Gerechtigkeitssinn. Was sie sich vorgenommen hatte, setzte sie konsequent durch. Ihr Kompass war das *Wohl ihrer Kinder*, dafür verzichtete sie selbst auf vieles.

Es machte ihr große Freude, andere zu beschenken. Einmal schenkte sie uns einen Samowar, den sie irgendwo aufgetrieben hatte. Es war nur eine Nachbildung, aber das kümmerte sie nicht oder sie wusste es nicht besser. Ein andermal war es ein Pullover aus echter Shetlandwolle. Es war ihr ganzer Stolz, jemanden damit zu überraschen. Wurde sie selbst beschenkt, war es ihr eher peinlich, aber ich bin mir sicher, dass sie sich auf ihre Art im Stillen doch darüber freute, weil jemand an sie gedacht hatte.

Oft habe ich mich gefragt, wie es ihr wohl gegangen sein mag, als die Kinder aus dem Haus waren. Dann sehe ich sie in ihrer Küche sitzen und auf das verregnete Dach des Nachbarn schauen. Vielleicht hört sie klassische Musik. Einige Schallplatten von Schubert und Liszt hatte ich ihr geschenkt. Ganz sicher wird sie über ihr Leben nachgedacht haben. Und gern mit

jemandem darüber reden wollen. So wie sie es hin und wieder mit dem Milchmann tat, der sich im Winter bei einem Schnaps und einer Zigarette in unserer Küche aufwärmte, während Pferd und Wagen draußen in der Kälte standen. Oder sie unterhielt sich mit der Nachbarin, die sie dadurch bei der Stange hielt, dass sie ihr kleine Aufträge erteilte; z.B. Socken oder Pullover stricken, die sie uns dann schenkte.
Wie oft mag sie bis spät in der Nacht gewartet haben, bis eines der Kinder nach Hause kam. Dann saß man noch eine Weile zusammen, und sie vertraute einem Dinge an, über die sie sonst nicht sprach. Das alles fehlte ihr jetzt.

Was wäre wohl aus ihr geworden, wenn sie andere Möglichkeiten gehabt hätte? Wenn sie eine bessere Bildung erhalten hätte? Das sind Fragen, die unbeantwortet bleiben, die aber dennoch eine ganze Generation von Frauen betreffen. Was wäre gewesen, wenn...

Julia
war die Betriebsratsvorsitzende eines großen Medienkonzerns. Ich lernte sie im Rahmen eines Forschungsprojekts kennen. Mehrere Monate lang hatte ich die Gelegenheit, mit ihr und anderen Betriebsräten über die Probleme bei der betrieblichen Umsetzung der tarifvertraglichen Regelungen zur 35-Stunden-Woche zu diskutieren. Ich bekam auf diese Weise die Informationen aus erster Hand.

Diese Art ‚Aktionsforschung' ist nur möglich, wenn unter den Beteiligten ein gewisses Vertrauensverhältnis besteht. J. empfand es als angenehm, dass ihr jemand zuhörte, wenn sie ihre strategischen Überlegungen entwickelte; ganz ungeschützt und ohne Handlungsdruck. Ich war oft erstaunt, mit welchem Wissen und mit welcher Umsicht sie die komplexen Problemlagen analysierte.

Dabei muss man wissen, dass die Konfliktparteien damals mit harten Bandagen kämpften. Es gab Gerüchte, Intrigen, Machtkämpfe und persönliche Angriffe von allen Seiten. J. schien dies kaum anzufechten. Sie verstand es, ihre Linie durchzusetzen oder wenn es sein musste, kluge Kompromisse zu schließen. Als Frau in einer Männerdomäne war dies keineswegs selbstverständlich. Zu der Zeit gab es nur wenige Frauen in Führungspositionen. Sie mussten schon außergewöhnlich sein, um sich zu behaupten. J. war so eine Persönlichkeit. Sie war blitzintelligent, kommunikationsstark, taktisch versiert und konsequent. Über einen langen Zeitraum hat sie ihre Position verteidigt; auch unter sich dramatisch verschlechternden Handlungsbedingungen.

Später hörte ich, dass sie es geschafft hatte, einen stattlichen Sozialplan auszuhandeln, als es nach technischen Umstellungen zu Entlassungen im Konzern kam. Ich habe sie nach dieser Zeit leider nie mehr getroffen; gerne hätte ich noch einmal mit ihr über all die Dinge geredet, die seinerzeit im Kampfgetümmel zu kurz kamen.

Osmani
stammte aus Nord-Mazedonien und kam vor einigen Jahren mit ihrer Familie nach Deutschland. Sie arbeitete als Haushaltshilfe bei einer älteren Dame. Als diese starb, übernahmen wir sie gewissermaßen, da wir beide berufstätig waren. Zehn Jahre war sie für uns tätig, einmal die Woche für etwa drei Stunden. Sie war zuverlässig und, wie sich bald herausstellte: überaus intelligent. Schon nach relativ kurzer Zeit sprach sie so viel deutsch, dass man sich ohne weiteres mit ihr unterhalten konnte. Sie erzählte von ihren Sorgen um die Familie. Ihr Mann wurde arbeitslos und geriet an Drogen. Der Ältere der beiden Söhne wurde nach seiner Lehre in einem Chemiekonzern nicht übernommen und war danach ebenfalls arbeitslos, auch weil er sich weigerte, als schlecht verdienender Leiharbeiter im gleichen Konzern erneut anzuheuern. Und der jüngere Sohn hatte massive Probleme in der Schule.

Wir bekamen mit, wie die Frau es über Jahre geschafft hat, die Familie zusammen zu halten. Zeitweilig hatte sie drei Putzstellen. Sie war sich für keine Arbeit zu schade. Dabei half ihr wohl auch ihr Glaube. Sie war eine streng gläubige Muslima; sie erklärte uns den Sinn der Fastenzeit, des *Ramadan*. Nahezu immer war sie positiv gestimmt; wissbegierig und nahm gern Ratschläge an. Sie sorgte dafür, dass ihr Mann von den Drogen loskam und wieder Arbeit fand. Ebenso der ältere Sohn, der eine seiner Qualifikation entsprechende Arbeit aufnahm, und für den jüngeren Sohn besorgte sie eine Lehrstelle.

Das war dann auch der Zeitpunkt, an dem sie ihre Tätigkeit für uns beendete. Sie hatte geschafft, was sie sich vorgenommen hatte und war voller Dankbarkeit, dass wir ihr in der schweren Zeit beigestanden hatten. Beim Abschied bedankten wir uns bei ihr mit einem großen Blumenstrauß; voller Respekt für ihre Lebensleistung.

Sabine
ist eine Kneipenbekanntschaft. Sie gehört zu den Stammgästen, die man fast täglich treffen kann. Sie lebt seit der Trennung von ihrem Mann alleine, und so wurde die Kneipe für sie eine Art Zuhause, wo sie Leute trifft und sich hin und wieder nützlich macht. So organisierte sie *Tipprunden zur Fußball-EM* und *WM* und gemeinsam mit einem Bekannten einen kleinen *Karnevalsverein,* der sich aus Besuchern der Kneipe zusammen setzte.

S. kann man gut und gerne als *Frontfrau der Kneipe* ansehen. Keine Party ist ohne sie vorstellbar. Sie tanzt für ihr Leben gern, kennt die kölschen Schunkellieder und besitzt eine Dauerkarte für den 1.FC Köln, bei dessen Heimspielen sie oft mit einem ganzen Pulk von Fans dabei ist.

Aber S. hat noch eine andere Seite, die ich erst wahrnahm, als wir des Öfteren miteinander ins Gespräch kamen. Sie arbeitet im deutschen Ableger eines US-amerikanischen Konzerns, wo sie für alle möglichen Aufgaben zuständig ist. Da der Konzern ständig seine Managementkonzepte wechselt, ist sie oft mit Problemen konfrontiert, die von praxisfernen Managern ausgelöst werden. S. muss dann zusehen, wie sie den Laden am Laufen hält.
Ein Problem ist für sie: ihr fehlt ein klares Stellenprofil und eine entsprechende Entlohnung. Das macht ihr Sorgen, weil man sie nach Belieben hin- und her beordern kann. Als sie die Auszeichnung *Mitarbeiterin*

des Jahres erhielt, wollte sie die Gelegenheit nutzen, um ihre berufliche Situation zu klären. Ob es ihr gelungen ist, weiß ich nicht.

Sie hat ihre zwei Kinder so weit gebracht, dass sie attraktive Berufsfelder für sich gefunden haben. Obwohl sie von den Kindern getrennt lebte - diese wohnten nach wie vor bei ihrem geschiedenen Mann, der in der alten Wohnung blieb - hat wohl vor allem sie dafür gesorgt, dass das neue Lebensmodell funktionierte und der Zusammenhalt der Familie gewahrt blieb.

Mit S. ist gut reden. Von den Torwartproblemen des FC bis hin zu gesellschaftspolitischen Fragen, kann man über alles mit ihr diskutieren. Was ich sehr schätze, ist, dass alles, was sie sagt, Hand und Fuß hat; es ist erfahrungsgesättigt, und so weiß sie, wovon sie spricht. Das macht ein Gespräch mit ihr so interessant. Man lernt immer einiges dazu. Wie sie all ihre Aktivitäten unter einen Hut bekommt, ist mir ein Rätsel. Aber sie schafft es - irgendwie. Chapeau!

Petra,
von allen nur *Schalke-Petra* genannt, fiel mir auf, weil sie bei jedem Spiel von *Schalke 04* auf ihrem Stammplatz sitzt. Vor sich auf dem Tresen ein kleiner Teddy - in blau-weiß gekleidet. Gemeinsam mit ihrem Kumpel *Michael* hofft sie auf bessere Zeiten für Schalke. Es blieb nicht aus, dass wir eines Tages miteinander ins Gespräch kamen.

P. ist Mitarbeiterin des Jobcenters und arbeitet als *Integrationskraft* für junge Menschen zwischen 16 und 25 Jahren. Da ich mir unter ihrer Tätigkeit wenig vorstellen konnte, hat sie mir diese erläutert: Integrationskraft - das ist die unzureichende, bürokratische Bezeichnung für eine überaus komplexe Tätigkeit. In Wirklichkeit ist sie *Seelsorgerin, Beraterin* und *Muttersatz.* Sie kümmert sich um die Perspektiv- und Orientierungslosen, die nicht wissen, wie sie ihr Leben, das ja noch weitgehend vor ihnen liegt, organisieren sollen: z.B. die alleinerziehende Mutter, die gleichzeitig ihr Kind betreuen und Geld verdienen soll; der junge Schulabbrecher, der Obdachlose und viele andere mit ähnlichen Hintergründen.

P. versucht zu helfen, wo es geht. Oft hört sie nur einfach zu. Sie schickt die jungen Leute zu Bewerbungstrainings, zur Schuldenberatung, zur Jobmesse, zur Abendschule - aber sie weiß aus Erfahrung, dass viele von ihnen scheitern werden und warum sie scheitern. Ihnen fehlt es oft an allem: sie haben kein Geld, keine Wohnung, keine Nachhilfe usw. Ihnen fehlt der geregelte Alltag, eine Tagesstruktur, eine ausreichende Bildung und Erziehung, eine Bezugsperson.

Petra ist eine erfahrene, kompetente, umsichtige und bescheidene Frau. Ganz nebenbei erwähnt sie, dass sie ein Jahr lang von einer Redakteurin der ZEIT begleitet wurde, die eine Reportage über ihre Tätigkeit geschrieben hat. Der Titel lautet:

‚Kreislauf des Scheiterns.'

Deutschland braucht dringend Arbeitskräfte. Petra F. hat sie. Junge Arbeitslose könnten die Hoffnung sein. Warum ist es dann so schwer, sie zu vermitteln?

Überall wird nach Arbeitskräften gesucht. Und dennoch gibt es Millionen Menschen, die niemand will. Seit Jahren und seit Jahrzehnten nicht. Den harten Kern der Langzeitarbeitslosen. Trotz der Hilfeschreie der Pfleger, trotz der verzweifelten Handwerker, trotz der streikenden Erzieherinnen.

In der Reportage der ZEIT wird die Arbeitsweise und die Atmosphäre, in der Petra agiert, einfühlsam und detailliert beschrieben. Da heißt es z.B.: *63 Jahre alt ist sie inzwischen. An die Wand hinter ihrem Schreibtisch hat sie ein Poster von Lukas Podolski gehängt. Du glaubst gar nicht, wie viele Jungs ich mit dem kriege. Wenn die Jungs dann sagen: ‚Öh, du bist FC?' Und ich dann sage: ‚Nee, ich bin Schalke! Und dann sag ich zu denen: Aber der Poldi hat ja auch ne Geschichte. Lukas Podolski, der Weltmeister, der zu viert auf eineinhalb Zimmern groß wurde, der in Deutschland erst mal auf die Hauptschule ging, seinen Schulabschluss nachholte, der die eine oder andere Anzeige kassierte, der in Interviews sagt: Es macht etwas mit einem, wenn man aus solch einfachen Verhältnissen kommt.*

Es scheint, dass menschenbezogene Tätigkeiten in Deutschland außer in Sonntagsreden nicht sonderlich geschätzt werden. Das gilt für Menschen wie Petra, aber auch für Pflegekräfte, Lehrer, Einsatzkräfte u.v.a. Es wird ignoriert, welchen Beitrag diese Leute für den Zusammenhalt der Gesellschaft leisten.

Und dann erzählt sie, dass sie einmal in der Woche ins Ahrtal fährt, um ihren Vater im Pflegeheim zu besuchen, der beim Hochwasser sein Haus verloren hat und jetzt im Heim wohnen muss; völlig verzweifelt und resigniert. Nur wenn sie kommt, lebt er etwas auf. Sie befürchtet, dass er mit der Zeit dement wird oder sich etwas antut. All das erzählt sie ruhig und besonnen. Eine derart empathievolle Frau ist ein Glücksfall für alle, die Hilfe brauchen.

Geli

betrieb jahrelang die einzige Gastwirtschaft in dem kleinen Dorf zwischen Westerwald und Taunus, in dem wir über dreißig Jahre lang ein kleines Ferienhaus besaßen. Sie hatte das Lokal von ihrer Mutter übernommen. Der Vater war Kleinunternehmer; ihr Mann Beamter bei einer Bundesbehörde, der ihr nach Feierabend zur Hand ging. Ihre kleine Tochter hielt sich meist bei der Mutter in der Kneipe auf. So weit ich weiß, wohnte die Familie anfangs über dem Lokal, bevor sie ihr eigenes Haus bezog.

G. führte die Gastwirtschaft mit viel Umsicht. Tagsüber war meist wenig Betrieb, aber es konnte vorkommen, dass eine Gruppe Wanderer im Dorf Station machte. Dann war ihre Improvisationskunst gefragt. In Windeseile musste ein Gericht hervorgezaubert werden. So wechselten Phasen der Ruhe mit solchen der Hektik und des Stresses.

Irgendwann versuchten sie, eine ehemalige Jagdhütte am Rande des Dorfes als Ferienhaus für Gäste zu nutzen. Dieser Versuch misslang wohl oder er brachte zuviel an zusätzlichem Aufwand mit sich, so dass sie nach einiger Zeit das kleine Häuschen verkauften. Die Käufer waren wir, und dadurch machten wir die Bekanntschaft der Familie.

G. ist eine ausgezeichnete Köchin. Viele der Produkte, die sie anbot, stammten aus dem eigenen Garten. Ich erinnere mich an herrliche Salate, frisch und knackig zubereitet. G. konnte nicht nur kochen; sie kannte auch sämtliche Gewürze und Gemüse, ja man kann sagen: sie war eine *wandelnde Kräuterfibel.* Ihr Wissen hatte sie wohl von ihrer Mutter erworben; aber darüber hinaus gab es einige, meist ältere Frauen im Dorf, die ebenfalls über ein erstaunliches Naturwissen verfügten. Einige sammelten auf den Wiesen Kräuter und machten daraus Marmelade oder Suppen, und sie konnten genau sagen, wozu die Kräuter nützlich sind.

Gelegentlich waren wir auch privat Gäste bei G. Sie war eine charmante Gastgeberin. Der Tisch war geschmückt mit herrlichen Feldblumen, und das Geschirr war vom Feinsten. Besonders in Erinnerung geblieben ist mir, dass sie uns zu einem besonderen Anlass eine selbst gemachte *Eistorte* schenkte, die ein wahres Kunstwerk war.

Nachdem sie das Lokal aufgegeben hatte, sah man sie fast täglich im Garten. Sie hatte das berühmte Händchen, insbesondere für Blumen, die sie rund ums Haus anpflanzte. Auch handwerklich war sie geschickt. So baute sie sich z.B. ein Gewächshaus auf, um ihre Pflanzen vor Witterungseinflüssen zu schützen.

Gern unterhielten wir uns mit ihr. Dann erfuhren wir Neuigkeiten aus dem Dorf oder von der Tochter, die mittlerweile ein Studium absolvierte und danach Lehrerin wurde. G. litt wohl ein wenig darunter, zu viel allein zu sein, aber umso wichtiger war für sie ihr Garten und die damit verbundene Arbeit.

Wir haben noch heute Kontakt zu ihr und ihrem Mann; zumindest an Geburts- oder Feiertagen gibt es einen Telefonanruf oder einen Mailaustausch. So bleibt man wenigstens auf diese Weise verbunden. In das Dorf werden wir nicht mehr zurückkehren, weil es das Häuschen, in dem wir so viele glückliche Stunden verbracht haben, nicht mehr gibt.

Anke
lernte ich in meiner Stammkneipe kennen. Eine große, schlanke Frau mit blitzintelligenten Augen. Sie ist Lehrerin, Fan der *Kölner Haie* und des *FC* und begeisterte Karnevalistin.
Sie hat *Evangelische Theologie* in *Marburg* studiert und machte zu der Zeit, als ich sie kennenlernte, ein Referendariat. Wenn sich die Gelegenheit ergab, diskutierten wir miteinander. Z.B.über die Rolle der Kirche. Sie findet es richtig, dass ich zwischen der *Kirche als Institution* und dem *Glauben an sich* unterscheide; auch teilt sie meine Kritik vor allem an der katholischen Amtskirche mit ihren autoritären Strukturen und ihren (menschengemachten) Dogmen. Trotzdem gibt sie zu bedenken, ob eine Religion ohne eine feste Institution als Referenzpunkt, auf Dauer überleben würde. Diesen Gesichtspunkt hatte ich bis dahin zu wenig bedacht. Ob ich ihn teile, spielt dabei keine Rolle.

Später erzählte sie von ihrem Unterricht in der Schule; dass sie versucht, die Schüler so viel wie möglich an der Gestaltung des Unterrichts zu beteiligen. Zu der Zeit beschäftigten sie sich mit dem Expressionisten *Ernst Wilhelm Lotz*, den ich bis dahin gar nicht kannte. Ihr gefällt die direkte, unverblümte Sprache dieses Dichters, der weitgehende Verzicht auf überbordende Symbolik und die teilweise riskanten, weil verrückten Wortspiele. Sie zitierte aus einem seiner Gedichte mit dem Titel *Wolkenüberflaggt*: *Da warf ich dem Chef an den Kopf seine Kladden / Und stürmte mit wütendem Lachen zur Türe hinaus…*

Anke lässt ihren Schülern sehr viel Raum, um deren Phantasie anzuregen. So forderte sie diese auf, analog zu dem Gedicht von Lotz eigene Erfahrungen mit Autoritätspersonen niederzuschreiben; es sei ganz erstaunlich, was die Schüler dabei hervorbrächten.

Um ihnen die Arbeitswelt nahezubringen, sei sie einmal mit ihnen in einen Bergstollen hinabgestiegen. Das habe die Schüler fasziniert. In der Diskussion mit dem verantwortlichen Steiger hätten sie Fragen gestellt, auf die man so ohne Weiteres selbst gar nicht gekommen wäre.

Anke ist eine Lehrerin, wie man sie sich selbst gewünscht hätte. Ich freue mich auf das nächste Gespräch mit ihr, da mich pädagogische und religiöse Fragen immer interessieren.

Gabi
repräsentiert viele der Eigenschaften und Fähigkeiten, von denen schon einige erwähnt wurden. Obwohl ich sie schon lange kenne, habe ich ihre zahlreichen Talente erst so nach und nach erkannt. Man kann auch sagen: sie überrascht mich bis heute stets erneut.

Nach ihrem Studium war sie lange als Lehrerin tätig; u.a. für *Hauswirtschaft*. Kaum ein anderes Fach bietet die Möglichkeit, projektförmigen Unterricht zu praktizieren. Mit ihren Schülerinnen und Schülern - ja, auch Schüler lernen mittlerweile kochen - kochte sie gemeinsam Gerichte bzw. Menüs. Wenn ich mich recht erinnere, unterrichtete sie auch im Werkunterricht, heute wohl Arbeitslehre genannt.

Nach einigen Jahren ließ sich G. beurlauben und bekam innerhalb von acht Jahren drei Kinder. Schon damals fiel auf, dass sie gern nähte und strickte; nicht nur für die Kinder. Da sie eine perfekte Schneiderin ist, hat sie z.B. auch für ihre Mutter Kostüme genäht und für sich selbst Kleider; aber auch Pullover oder Westen für ihren Mann.

Nachdem die Familie ein eigenes Haus bezog, widmete sie sich verstärkt der Gartenarbeit; geradezu kunstvoll gestaltete sie den Garten. Erstaunlich, wie phantasievoll sie die Pflanzenrabatte anlegte und jeder noch so kleine Winkel des Gartens sein eigenes Gepräge erhielt. In dieser Zeit begann sie wohl auch, kunstvolle *Skulpturen* zu modellieren, die mittlerweile den gesamten Gartenbereich zieren.

Darüber hinaus besuchte sie verschiedene Handwerker-Kurse; z.B. lernte sie das *Drechseln* und *Schmieden*. In kürzester Zeit beherrschte sie die Fertigkeiten, um sie gleich darauf praktisch anzuwenden; z.B. fertigte sie schmiedeeiserne Fenstergitter, eine kleine Gartenpforte und andere nützliche Dinge.

Dann überraschte sie uns mit ihren musischen Fähigkeiten. Sie trat in einen Chor ein, der mit öffentlichen Auftritten im Bereich klassischer und sakraler Musik auf sich aufmerksam macht. Obwohl G. nie Gesangsunterricht genommen hat, verfügt sie über eine sichere Sopran-Stimme.

Damit nicht genug, singt sie auch noch in einem Chor mit Menschen, die am Down-Syndrom leiden. Sie erzählt mit Begeisterung von den Veranstaltungen dieses Chors, vor allem aber davon, mit welchem Engagement diese Menschen bei der Sache sind.

Ein weiteres ihrer Interessengebiete gilt der Fotografie. Sie fotografiert professionell, gerne in schwarz/weiß mit analoger Kamera, etwa im Rahmen eines Projekts über die Arbeits- und Lebenswelt ihrer Großeltern mütterlicherseits. Daraus hat sie ein sehr eindrucksvolles Buch gestaltet.

In einem weiteren Projekt hat sie mit ehemaligen Lehrkräften ein Buch über die Geschichte der *Herrentor-Schule* in *Emden* geschrieben, an der sie jahrelang unterrichtet hat. Diese Schule galt in den 1920er Jahren als Reformschule und verfügt über eine beeindruckende Architektur im Stil des *Backstein-Expressionismus*. Sie veranstaltet bis heute Führungen durch die Schule, an denen immer wieder auch ehemalige Schüler und Schülerinnen teilnehmen, die teilweise bereits in einem fortgeschrittenen Alter sind. Da ich in den fünfziger Jahren diese Schule selbst besucht habe, interessierte ich mich dafür, und wir bekamen eine exklusive Führung durch sie. Aus ausgewählten Motiven der Schule hat sie zwischenzeitlich einen kunstvollen Kalender zusammengestellt.

Und selbst nach ihrer Pensionierung macht sie immer noch Projekte mit Schulkindern, auch um deren Interesse an ihrem eigenen sozialen Umfeld zu wecken. Darunter sind vor allem Kinder, die aus prekären Verhältnissen kommen. Das ist nur ein weiteres Beispiel für ihr soziales Engagement.

Kurz und gut: sie ist nicht nur ein Multitalent; sie versteht es auch, ihre Fähigkeiten so einzusetzen, dass möglichst viele Menschen davon profitieren. Eine derartige Haltung ist selten; man wünschte sie sich öfter! Ich bin sicher, noch längst nicht alle Aktivitäten aufgelistet zu haben, denen sie nachgeht. Aber darauf kommt es hier nicht an: es geht mir darum, das Spektrum aufzuzeigen, das sie repräsentiert. Das allein zählt.

Schlussbemerkung:

Als Motto über dem Ganzen könnte stehen: Das *Gemeinsame* der Frauen besteht darin, dass sie so verschieden sind. Und ein weiteres Merkmal ist, dass vor allem sie es sind, die den Zusammenhalt der Familien organisieren. Damit tragen sie entscheidend dazu bei, dass das gesellschaftliche Leben funktioniert. Dabei soll nicht unerwähnt bleiben, dass es sich um Leistungen für die Gesellschaft handelt, z.B. in der Haus- und Sorgearbeit, der Kindererziehung oder Pflege, die oft weder anerkannt noch honoriert werden. Diese Problematik weiter auszuführen, würde den Rahmen meiner Darstellung sprengen. Auch so dürfte das Spektrum dessen, was Frauen zu leisten in der Lage sind, deutlich geworden sein. Nicht mehr und nicht weniger wollte ich mit meinen Ausführungen aufzeigen.

Angaben zum Autor

Joke Frerichs; Jahrgang 1945; 8 Jahre Volksschule; Lehre bei der Stadt Emden; Abitur auf dem Zweiten Bildungsweg; Studium der Philosophie, Soziologie, Politikwissenschaft und Germanistik; Dr. rer. pol.; langjährige Berufstätigkeit im sozialwissenschaftlichen Feld; seit 2000 als freier Autor tätig.

Veröffentlichungen u.a.:
„Zugänge. Wie man aufwächst, so denkt man“ (2005); „Begegnungen“ (2007); „Selbstgespräche. Gedichte und Poeme“ (2010); „Opas Welt. Erinnerungen an meinen Opa und meine Kindheit in Emden“ (2011); „Die Mission“, Roman (2011); „Einfach mal drauflos fahren – Episoden von Reisen“ (2013, 2. Aufl. 2014); „Gespräch mit einem langen Schatten“, Roman (2013); „Das Leuchten der Stille“. Ausgewählte Gedichte (2014); „Das Haus des Dichters“, Roman (2016); „Inside out. Die Welt lässt sich nicht umarmen“, Journal der Jahre 2005-2015; „Die Schatten werden länger“, Journal 2016; „Kontinuitäten und Brüche. Versuch einer Selbstbe-schreibung“ (2017); „Gegenblende“, Journal 2017; „Flugsand“, Journal 2018; „Intervalle“, Journal 2019; „Farewell“, Journal 2020; „Weitermachen“, Journal 2021; „Zeit der unverhofften Bilder“, Roman (2020); „Zimmerschied. Eine Oase im Grünen“ (2021); „Gelebte Alltagskultur. Episoden aus dem Basil‘s“ (2021); „Weitermachen“, Journal 2021; „Besuch beim Philosophen“ (2022); „Hieronymus im Gehäuse. Der Dichter, sein Haus

und sein Radio“ (2022); „Schattenleben“ (2022); „Fallobst“ (2022); “Streuwiesen. Ein Lesebuch“ (2022); „West-Nord-Passage“, Journal 2022; „Ortswechsel – Orte, Umgebungen, Wohnungen“ (2023); „Kontraste”, Journal 2023; „Spurensuche. Frühe Texte” (2024); „Stelldichein mit Literaten” (2024,
2. Auflage); „Die erinnerte Zeit”, Gedichte (2024); „Extreme”, Journal 2024.

Zusammen mit Klaus Frerichs: „Einer schreibt, einer malt. Zwei Brüder aus dem Emder Arbeitermilieu finden ihren Weg“ (2017).

Zusammen mit Petra Frerichs: „Lesespuren. Notizen zur Literatur“ (2011); „Leben braucht keine Begründung. Zum literarischen Werk von Dieter Wellershoff“ (2012); „Literarische Entdeckungen. Vergessene und neu gelesene Texte“ (2012, 2. Aufl. 2018); „Mit Bildern erzählt. Gemälde und Zeichnungen von Klaus Frerichs“ (2013); „Leben und Schreiben – was sonst? Ein Streifzug durch die Werkausgabe von Dieter Wellershoff“ (2014); „Das Mysterium der Suche“ (2014); „Dieter Wellershoff. Eine Begegnung der besonderen Art“ (2019).

Beide schreiben für den *Blog der Republik.*

Weitere Informationen unter:
www.joke-frerichs.de